심장에 가까운 말

심장에 가까운 말

박소란 시집

창비

차 례

제3부 ___

제1부

노래는 아무것도

폐품 리어카 위 바랜 통기타 한채 실려간다

한시절 누군가의 노래
심장 가장 가까운 곳을 맴돌던 말

아랑곳없이 바퀴는 구른다
길이 덜컹일 때마다 악보에 없는 엇박의 탄식이 새어나
온다

노래는 구원이 아니어라
영원이 아니어라
노래는 노래가 아니고 아무것도 아니어라

다만 흉터였으니
어설픈 흉터를 후벼대는 무딘 칼이었으니

칼이 실려간다 버려진 것들의 리어카 위에

나를 실어보낸 당신이 오래오래 아프면 좋겠다

너무 깊은 오해

세상의 모든 것은 오해로부터
태어난다 오해의 젖을 빨고 간신히 버티는 지진한 아들
과 딸,

우리는
자주 오해의 술잔을 기울인다 오해의 값싼 장신구를 두
른 채
여관을 들락거린다 플라스틱 같은 서로의 살갗을 정신없
이 핥다보면
어느 순간 슬며시 드러나는 오해의 맨얼굴
서늘한 눈빛 아아 이런 게 아닌데

내가 오해했나봐 당신을
소스라친다 소스라친다고 굳게 믿는다

오해의 술잔은 더 아득히 기울어진다 이따금
당신은 내 빈 숟가락에
오해의 살점을 발라 얹어주기도 한다 먹어봐 맛있어

그걸 먹고 나는 산다 살고 있다고 다만
오해할 뿐

오해에 불과하다 우리는
그러므로
오해로써 서로를 견뎌낸다 여관의 차디찬 공기 속
불어난 오해의 젖은 심장 가운데 엉긴 피처럼 달콤해

아아 이런 게 아닌데

신음하는 새벽의 어깨 너머로
오해가 단단히 솟아오른다
뜬눈으로 밤을 지새운 병약한 개가 한덩이 오해를 물고
골목 끝으로 유유히 사라진다

나의 고양이가 되어주렴

검정 비닐봉지 하나 담장 너머로 펄렁
날아갈 때 텅 빈 마음이
여기에 있지 않고 저기로
자꾸만 저기로 향하려 할 때

정처 없이 헤매는 마음아
이리 온,
한번쯤 나의 고양이가 되어주렴

뜻 모를 젖은 손이 가슴을 두드리는 새벽
슬픔을 입에 문 젖내기처럼 골목에 주저앉아 엉엉 울어
주지 않을래?
집집마다의 비극을 모조리 깨워 성대한 잔치를 벌이자
꼬리가 잘린 채 버려진 것들의 잔치를

그러니 이리 온,
나의 고양이야

사나운 발자국이 겁주듯 찾아드는 아침
우연히 바닥에 뭉개진 비닐봉지를 맞닥뜨린 행인이 아아
악!
비명을 지를 때, 정말이지 비닐봉지가
밤사이 웅크려 죽은 한마리 고양이로 보일 때

아무렇지 않은 척 피를 닦고 일어나 다시
저기로 잠잠히 멀어져갈
나의 마음아
제발 이리 온

감

시멘트 바닥에 깨어진 감을 보았어요

어느 새벽 물기를 잔뜩 머금은 감나무가 기어코 떨어뜨린 감이었어요

머리를 말끔히 빗어넘긴 나무는 언제 벌써 저만치 멀어져갔고요

감은 제 텅 빈 속을 다 드러내고 부끄러운 표정마저 잃고

뜨겁게 일렁이는 하늘만 올려다보고 있었어요

잠시 살길을 궁리하듯이

다리를 절며 다가온 부랑견 한마리 힐긋거리다 힘없이 킁킁거리다

이내 진저리치며 달아났어요

같이 가, 애원하고 싶어 더 붉어진 감이었어요

떨림이 채 가시지 않은 가슴속 씨가 따끔거려 조금 슬픈 것도 같았어요

간밤 꿈에는 죽은 엄마가 찾아왔어요 반쯤 물러진 얼굴로

함께 밥을 먹고 잠을 잤어요 긴긴 잠을, 아 달다

나는 달다

원 없이 잠꼬대를 피워본 감이었어요

슬픔 같은 건 아무도 알아채지 못하도록
멋쩍은 웃음만 지어 보이는 감 우연히 발견된 해골처럼
모두들 흠칫 손을 감추어도
단 한번 울지 않는 그런 감을 나는 보았어요

없다

우체통을 들여다본다
길들여지지 못한 짐승의 아가리처럼 깊고 어두운 곳
어떻게 알았을까 당신은
이곳에 주소가 없다는 것을

집이 없다는 것을
상기된 표정으로 커튼을 열어젖히는 얼굴이
발갛게 피어나는 식탁이 풋잠을 머금은 나릿한 하품이
없다는 것을
아침은 이미 이곳으로 오는 길을 잃었다는 것을

밤의 우체통을 들여다본다
주린 속 깊숙이 손을 찔러본다
짐승은 파르르 떠는
또다른 짐승의 야윈 손을 물고 놓아주지 않는다
짓궂은 장난 같은 차가운
피, 피가 흐르고

당신은 어떻게 알았을까
울음이 없다는 것을
컹컹 짖는 법을 나는 배운 적이 없다는 것을

오랜 침묵의 우체부인 당신은 어떻게
어떻게 알았을까

참 따뜻한 주머니

길바닥에 떨어진 십원짜리

십원으로 무엇을 살 수 있나요 아무것도
너는 살 수 없어 말하듯 단호한 표정으로 흩어지는 풍
경들,
겨울

언젠가
한닢의 십원짜리를 위해 잠시 걸음을 멈출 사람
허름한 전구를 만지작거리는 것처럼 조심스레 눈동자를
밝혀 들고
값싼 화장이 뭉개진 작고 동그란 얼굴을 넌지시 들여다
볼 사람

그 사람을 사랑하게 되겠지 나는

곁에 누웠던 누군가 황망히 떠난 새벽 한때의 여관방 같
은 보도블록 위

십원짜리

십원짜리를 주워 살그머니 제 주머니 속으로 들일 사람
주머니는 참 따뜻할 텐데
붉은 담요를 두른 손이 있어 찬 등을 가만가만 쓸어줄
텐데

기다릴 수밖에 없겠지 기다림이 기다림의 잃어버린 모양
을 문득 알아볼 때까지

별수 없으니까, 바닥이란
원래 그런 거니까

배가 고파요

삼양동 시절 내내 삼계탕집 인부로 지낸 어머니

아궁이 불길처럼 뜨겁던 어느 여름
대학병원 중환자실에 누워 까무룩 꺼져가는 숨을 가누며 남긴
마지막 말
얘야 뚝배기가, 뚝배기가 너무 무겁구나

그후로 종종 아무 삼계탕집에 앉아 끼니를 맞을 때
펄펄한 뚝배기 안을 들여다볼 때면
오오 어머니
거기서 무얼 하세요 도대체

자그마한 몸에 웬 얄궂은 것들을 그리도 가득 싣고서
눈빛도 표정도 없이 아무런 소식도 없이
늦도록 돌아오지 않는 어머니

느른히 익은 살점은 마냥 먹음직스러워

대책 없이 나는 살이 오를 듯한데

어찌 된 일인가요
삼키고 또 삼켜도 질긴 허기는 가시질 않는데

베개

물컹한 슬픔이 솟아난다 밤이 남몰래 사생한
유령처럼
흐느끼는 베개
그 차가운 몸에 슬며시 가져다 댄 뺨마저
축축이 젖어든다

도대체 왜,
물어도 베개는 말이 없고
다그칠수록 구겨진 입술만 앙다문다

무성한 어둠은 베개를 더욱 짓누르고

불을 켜고 싶은데
베개 너머 스탠드 버튼을 누르고만 싶은데

그만둬,
낮은 음성으로 베개는 말한다
오래 흐느낀 베개는

알고 있다
너라는 빈난한 빛이 얼마나 무섭게
어둠을 살찌울 것인지

슬픔이 솟아난다

말간 얼굴로
곁에 잠든 이는 아무렇지 않게 등을 돌리고

베개를 베다,라는 말은
베이다,라는 말처럼 몹시도 저미는 것이었음을

병을 얻다

그러던 어느날 긴 잠은 멈추고
마른 눈을 두어번 비비는 사이 겹겹한 이불이 걷히고
머리맡 그것은 내 눈을 넌지시 들여다보겠지
한참을 기다린 모양으로
왈칵 곁에 드는 그것을 나는 애지중지 길러볼 생각이야
이왕이면 소담한 그릇을 하나 사서
마치 무슨 씨앗이라도 된다는 듯 낱낱을 심어
끼니때마다 물을 주고 흙을 골라
혹 어쩌다 어리고 우스운 싹이라도 돋아나면
말없이 지켜봐주어야지
꽃은 아니지만 마치 무슨 꽃이라도 된다는 듯
그냥 가만히 숨 쉬듯 가만히
간직하는 거야 빛깔이든 향기든
몸 한구석 그것의 열띤 자국이 스미면
나는 기뻐해야지 소리 내어 활활 웃어도 보아야지
그러고는 이내 조금 슬퍼진대도
시퍼런 가시가 그것의 어찌할 수 없는 맹기가
살갗 깊숙이 파고들어

장미는 아니지만 마치 무슨 장미라도 된다는 듯
여지없이 마음을 찢고 피를 쏟게 한대도
전혀 예기치 못한 일은 아니므로
악몽이 누차 일러준 대로 마치 무슨 밤이라도 된다는 듯
캄캄했던 날들의 베개 위로 다시 몸을 누이면 되는 거지
그것은 나의 그것은
이제 우연히 내 잠을 깨울 일도 없이
어두운 방 가운데 무럭무럭 잘도 자라나겠지

장(葬)

　누군가의 벗은 몸을 마주할 때면 멍에 가장 먼저 닿는다
　등이나 허벅지의 구석진 곳에서 저도 모르게 치러지는
장례, 그 선연한 현장이 나를 이끈다

　같이 밤을 보낸 이가 차려낸 아침상에도 한무더기의 시
신은 떠오른다
　애도를 기다리느라 잔뜩 핏발 선 고등어의 눈이나 찢긴
살갗으로 비어져나온 시금치의 부패한 내장 같은 것 양식
인 척 과묵을 지키는 것
　애써 태연한 얼굴로 한점 두점 질경이다보면 잘못 쓴 무
덤처럼 스멀스멀 입안에 붉은 물이 차오른다

　길을 나서면 숨진 비둘기가 나를 반긴다 찢긴 날개를 움
켜쥔 채 바짝 짓눌린 새, 새였던 그 무언가 난해한 자세로
안부를 건넨다
　그럭저럭 지낸다고 나는 대꾸한다 상복을 입은 바람이
흠칫 곡을 멈추고 내 쪽을 돌아다본다
　차들이 마구 달려들고 난데없이 공사장 벽돌이 코앞에

떨어져 자주 걸음을 떨곤 하지만 나는 잘 지낸다고

　석연치 않다는 듯 곁을 살피는 죽음을 외면하고 돌아온
다음 날이면 멍은 내게로 관을 옮긴다
　멍든 자리를 잠시 쓰다듬었을 뿐인데 어느새 속이 거멓
게 타버린 날계란, 산 채로 화장당한 그것을 나는 또 잠자
코 먹는다

그녀가 참외를 깎을 때

참외를 깎는다 샛노랗게 익은 웃음을
커다란 접시에 가지런히 담는다
그녀의 꽃무늬 앞치마를 싱싱한 참외를 사람들이 칭찬
한다
어쩌다 접시 가장자리에 묻은 머리카락을 재빨리 훔쳐
내는
그녀, 힘주어 쥔 과도가 낯설게 반짝인다
유독 손목이 가는 그녀는
얼마 전 다녀왔다는 후지 산 기슭 아오끼가하라를 이야
기한다
아름다운 풍광 속 시간을 잊은 산처럼 머물고 싶었다는
이야기
그녀의 낮고 고운 목소리를 칭찬한다 누군가 불쑥
근처 죽음의 숲에 대한 풍문을 꺼내고
그녀는 웃는다 웃음은 더욱 노란 빛을 띠며 접시에 담
긴다
사람들이 그것을 입안 가득 넣고 우물거린다
노랑이 거실 곳곳에 진동한다 노랑이

머문 테이블 위 드문드문 음산한 얼룩
숲의 가장 이슥한 곳 새겨진 어떤 발자국 같은
가늠할 수 없는 정적이 흐른다
그녀는 웃는다 단물이 고인 참외를 재차 권하며
울울한 머리칼을 쓸어넘긴다 참외를 깎는다
참외의 기다란 허물이 수북이 쌓인다
작고 심약한 날벌레가 그 속에 들어 몰래 우는 것을
진득거리는 손을 닦으며 나는 조용히 바라본다

돌멩이를 사랑한다는 것

누구든 사랑할 수 있다는 것

집 앞 과일 트럭이 떨이 사과를 한 소쿠리 퍼주었다
어둑해진 골목을 더듬거리며 빠져나가는 트럭의 꽁무니
를 오래 바라보았다
낡은 코트를 양팔로 안아드는 세탁소를
부은 발등을 들여다보며 아파요? 근심하는 엑스레이를
나는 사랑했다 절뚝이며 걷다 무심코 발길에 차이는 돌
멩이
너는 참 처연한 눈매를 가졌구나 생각했다 어제는

지친 얼굴로 돌아와 말없이 이불을 끌어다 덮는 감기마저
사랑하게 되었음을

내일이 온다면
영혼이 떠난 육신처럼 가벼워진 이불을
상할 대로 상해 맛을 체념한 반찬을 어루만지기로 한다

실연에 취한 친구는 자주 울곤 했는데
사랑은 아픈 거라고 때때로
그 아픔의 눈물이 삶의 마른 화분을 적시기도 한다고 가
르쳐주었는데
어째서 나는 이토록 아프지 않은 건지

견딜 만하다, 덤덤히 말한다는 것

견딜 만한 것을 다행으로 여기며 텅 빈 곳으로의 귀가를
재촉한다는 것
이 또한 사랑이 아닐까 궁지에 몰린 사랑,
그게 아니라면

도리가 없다는 것 더이상
사랑하지 않을 도리가

우연히 날아온 무엇이라도 맞아 철철 피 흘리지 않을 도
리가

노인

집 앞 담벼락에 비스듬히 기대앉은 밥상
칠이 벗겨진 흉곽 위로 굵은 빗방울 떨어진다
달그락대는 비의 수저 소리에 나는 괜스레 목구멍이 따
끔거리고
채 삼키지 못한 저녁이라도 있는 건지

한평생 밥만 먹다
고스란히 세월을 물린 고집 센 노인네처럼
뒤늦게 병상에서
더는 먹고 싶은 것도 없으니, 군기침하며 돌아눕는 뒤통
수처럼

밥상은
언제 벌써 이가 몽창 빠진 채로 쓰게 웃고

주린 낯으로 종종거리며 곁을 지나는 내게
부러 더 세게 힘을 주어 뱃가죽을 틀어쥐는 나약한 손에게
신수를 훤히 꿰뚫어 고개를 주억거리는 백수(白首)의 점

쟁이처럼

밥상은 말한다 낮고 너른 음성으로
흠씬 젖은 걸음을 붙든다

그만 이리 와 한술 뜨시게
그래 봐야 결국엔 모두 낡고 만다네

만두를 좋아하지 않는 사람처럼

1

만두에서 터져나온 비릿한 맛, 왜

식어버린 것은 하나같이 비린가 입가로 떠밀려온 눈물

다발처럼

짜고 물컹한가

2

녹슨 트럭에서 손만두를 파는 사내

그를 기다리며 흰 시간을 빚은 적 있지

누군가를 향한 기다림이 나를 살게 할 거라 굳게 믿은 적

아무 사이비 종교에라도 매달려보고 싶었던

냉담의 날들

복음처럼 트럭은 왔지 나는 만두를 사고,

그러나 사지 않고

만두를 좋아하지 않는 사람처럼 애써

그 곁을 지나쳐갔지

건건하고 아릿한 냄새가 비틀거리는 걸음을 휘감아 당
길 때
온 힘을 다해 골목 끝으로 사라지는 뒷모습

기어이 돌아서는 부연 그림자를 물끄러미 건너다보며
골몰하기도 했으리 나의 사내는
밤 가운데 못 박힌 듯 멈춰

한번쯤 물어나 볼걸
당신의 만두도 그렇게 식어가나요 식어버린 것은
모두 어디로 가나요

3
사내는
남은 만두를 모조리 집어삼키고 꾸역꾸역 살이 오르리
부은 몸을 만두처럼 말아 빈 접시를 뒹굴겠지
만두는 잊겠지
찬 가슴을 쓸며 떠난 만두는

어떻게 하나요 다시 트럭 위 만두인 채로 쌓여가는 것들
천진히 식어버리고 말 것들, 나는요
더는 그런 걸 먹지 않아요

제2부

다음에

그러니까 나는

다음이라는 말과 연애하였지

다음에,라고 당신이 말할 때 바로 그 다음이

나를 먹이고 달렸지 택시를 타고 가다 잠시 만난 세상의
저녁

길가 백반집에선 청국장 끓는 냄새가 감노랗게 번져나와
찬 목구멍을 적시고

다음에는 우리 저 집에 들어 함께 밥을 먹자고

함께 밥을 먹고 엉금엉금 푸성귀 돋아나는 들길을 걸어
보자고 다음에는 꼭

당신이 말할 때 갓 지은 밥에 청국장 듬쑥한 한술 무연히
다가와

낮고 낮은 밥상을 차렸지 문 앞에 엉거주춤 선 나를 끌어
다 앉혔지

당신은 택시를 타고 어디론가 바삐 멀어지는데

나는 그 자리 그대로 앉아 밥을 뜨고 국을 푸느라

길을 헤매곤 하였지 그럴 때마다 늘 다음이 와서

나를 데리고 갔지 당신보다 먼저 다음이

기약을 모르는 우리의 다음이

자꾸만 당신에게로 나를 데리고 갔지

설탕

커피 두 스푼 설탕 세 스푼 당신은
다정한 사람입니까 오 어쩌면

테이블 아래
새하얀 설탕을 입에 문 개미들이 총총총
기쁨에 찬 얼굴로 지나갑니다 개미는
다정한 친구입니까 애인입니까

단것을 좋아하는 사람
달콤한 입술로 내가 가본 적 없는
먼 곳의 이야기를 들려주는 사람 당신을 위해
오늘도 나는 단것을 주문하고 마치 단것을 좋아하는 사
람처럼
웃고 재잘대고 도무지 맛을 알 수 없는
불안이 통째로 쏟아진 커피를 마시며

단것에 대해 끊임없이 생각합니다
당신은 다정한 사람입니까 다정을 흉내 내는 말투로

한번쯤 묻고도 싶었는데

언제나처럼 입안 가득 설탕만을 털어넣습니다
그런 내게 손을 내미는 당신

당신은 다정한 사람입니까 오 제발 다정한
당신의 두 발, 무심코
어느 가녀린 생을 우지끈 스쳐가고

소녀

한쪽 눈알을 잃어버리고도 벙긋
웃는 입 모양을 한 인형

다행이다
인형이라서

오늘도 말없이 견디고 있다
소녀의 잔잔한 가슴팍에 안겨서

소녀는 울음을 쏟지 않고
아픈 자국을 보고도 놀라지 않지
슬픔은 유치원에서 가르쳐주지 않은 것

갈색과 녹색처럼 헷갈리기 쉬운 것

스케치북 속 흐드러진 풍경은 갈색
철 지난 이불에 파묻혀 앓는 엄마 얼굴은 녹색 짙은 녹색
아무도 놀러 오지 않는 방

고장난 인형이 캄캄 뒤척이다 잠든 방은
어여쁜 분홍색,
좁다란 창에 묶여 휘늘어진 어둠의 리본처럼

혼자서 가만히 색칠하는 소녀

다행이다
소녀라서 이대로 잠시
빨갛게 웃을 수 있어서

메리, 메리

간밤엔 죽은 할머니와 나란히 앉아
한끼의 푸진 밥상을 받았다 향내 그윽한
조기살을 발라 입안 가득 물려주는
검은 손
검은 양복 검은 모자의 남자가
횡단보도 저편에서 뚫어져라 나를 쳐다본다 어제와 다름
없는 출근길
구멍 숭숭한 그림자들이 조악한 미로를 만들고
어릴 적 잃어버린 새끼 푸들이 그 속을 종종종 걸어간다
메리 너 지금 어디 가니
꼭 무슨 일이 일어날 것만 같구나
뉴스를 꼼꼼히 챙겨 본다 흉사(凶事)는 늘 가까이 있으
므로
잠긴 문을 재차 확인하고 두꺼운 커튼을 여미고
걸려오는 전화를 외면한다
무섭다, 터져나오는 말을 애써 모르는 체
더듬더듬 책을 펼치면
난데없는 조문(弔文)이 튀어나와

화들짝 놀라고 능숙한 자세로
흉몽을 쫓다 잠에 든다 어떤 예감처럼
아침은 오는 것 온다고 믿는 것
버스를 타고 출근을 하고
오늘은 왠지 기분이 좋아 새것 같은 이런 아침이
나는 좋아 큰 소리로 노래해본다
창밖에선 할머니가 웃으며 손짓하고 오 메리,
메리 너 지금 어디 가니

울음의 방

불현듯 슬프다
너무 오래 울지 않았다는 사실 때문에
어느 곳 어느 때 아주 사소한 흐느낌조차

울기 위해 집으로 달려간, 그때는 스무살
수업을 마치고 과제를 제출하고 사려 깊은 학생이 되어
조금씩 꼬깃해져가는 표정을 가방 깊숙이 밀어넣고 가까
스로
열어젖힌 싸구려 자취방은 더없이 고요해
너무 낮고 너무 어두워 울음은
다름 아닌 거기에 살고 있음을 알았다

마음이 타들어갈 때마다 기꺼이 방문을 열어준
나의 울음, 엄마가 죽던 밤에도
사랑이 더운 손을 뿌리치던 마지막 순간에도 나는
그 방에 있었다 볕이 들지 않는 방
아릿한 곰팡내가 명치를 꾹꾹 누르는 방

울음의 방으로 숨어들수록 울음은 아프고
어찌 된 영문인지
도무지 견디지 못하고
비명을 지르며 증발하는 물기처럼 어느새 울음은

거기에 살 수 없음을 알았다
한마디 인사도 없이 떠나갔음을
어디로 갔나 울음은
울음의 빈자리를 몹시 뒤척이던 나는

후미진 골목 끝
자취방은 헐리고 추진 스무살도 멀리 달아났으니
어디로, 말수가 적어 겉돌기만 하던 나의 울음은

체념을 위하여

희망과 야합한 적 없었다 결단코
늘 한발 앞서 오던 체념만이 오랜 밥이고 약이었음을

고백한다 밤낮 부레끓는 숨과 다투던 폐암 말기의 어머니
악착같이 달아 펄떡이던 몸뚱이를
일찍이 반지하 시린 윗목에 안장한 일에 대하여
마지막 구원의 싸이렌마저 함부로 외면할 수 있었던 조
숙한 나약함에 대하여
방 한 귀퉁이 중고 산소호흡기를 들여놓고
새벽마다 동네 장의사 명함만 만지작거렸다
그 어떤 신념보다 더욱 견고한 체념으로, 어김없이 날은
밝아
먼 산 기울어진 해도 저토록 가쁘게
가쁘게 도시의 관짝을 여밀 수 있음을 알았다 습관처럼
사랑을 구하던 애인이 어느 막다른 골목에서 뒷걸음질
쳐 갈 때도
시험에 낙방하고 아무 일자리나 찾아 낯선 가게들을 전
전할 때도

오로지 체념, 체념만을 택하였다 체념은 나의 신앙

그 앞에 무릎 꿇고 자주 빌었으며 순실히 경배하였다

체념하며 산 것이 아니라 체념하기 위해 살았다 어쩌면

이제 와 더 깊이 체념한다 한들 제 발 살 려 다 오

끝까지 매달리던 어머니의 원망 같은 무덤이 핏빛 흉몽

으로 솟아오르고

안부조차 알 길 없는 애인이 허랑한 시절이 막무가내로

뺨따귀를 갈긴다 한들

행여 우연히 한번쯤 더듬거리듯 옛날을 불러세운다 한들

절망은 여전히 온 힘을 다해 절망할 것이고

나는 기어이 침묵으로 순교할 것이다 다시 체념을 위하여

도망치듯 나를 여기까지 끌고 온 굳센 체념을

주소

내 집은 왜 종점에 있나

늘

안간힘으로
바퀴를 굴려야 겨우 가닿는 꼭대기

그러니 모두
내게서 서둘러 하차하고 만 게 아닌가

기침을 하며 떠도는 귀신이

시퍼런 생댓잎에 옮아앉는 싸락눈, 신법사 앞을 지날 때
젊은 박수가 중얼거리는 소리
이년 박복한 년 머잖아 네년 몸에 신이 붙겠다
콜록콜록 기침을 하며 떠도는 귀신이

반쯤 허물어진 포장마차에 들었지 집으로 가는 길
뜨끈한 정종을 마셨지
입천장이 벗겨져 산발한 여인네처럼 흐느적거릴 때
이년 박복한 년
금 간 담장 위 도둑고양이 한마리
제 흉한 점괘를 엿듣고 있었지 기다란 꼬리를 곤두세운 채
더운 숨이 빠져나간 부뚜막을 오래 바라보듯
눈물점도 오지게 짙은 년 쯧쯧 쯧쯧
눈이 마주치자 내 쪽으로 번쩍, 사나운
길을 할퀴는 고양이

빈 잔을 앞에 놓고 한참을 주억거렸지
늘 몇방울의 피가 흩뿌려져 있던 길에 대해 생각했지

어느 틈엔가 쫓아와 등짝을 때리는 바람

이년 박복한 년

얼근히 취한 얼굴로 방울을 흔드는 게 바들거리며 작두

를 타는 게

우스꽝스러워 나도 모르게 피식

비어지는 웃음을 앞세워 서둘러 값을 치르고 돌아서려

할 때

그래 이년아 웃어라 웃다보면 차라리 웃다보면

잔은 또 그렇게 차오를 테지

댓잎에 빙의된 바람도 자리를 찾아 고된 몸살을 다독일

테지

캄캄한 자취방에 돌아와 알았지

여태 내가 북쪽으로 머리를 두고 잤다는 것을

머잖아 네년 몸에 신이 붙겠다 아야 아야 아파 우는 귀

신이

잠을 이루지 못했지 무서워서

겁 없이 어둠속으로 걸어간 고양이가 소름 끼치도록 무
서워

콜록콜록 밤새 자꾸만 헛기침이 돌았지

경에게

경아, 나는 오늘 한통의 어여쁜 편지를 받았어

진종일 햇살 아래 홍성이던 저 바깥 막무가내로 달겨든 빗줄기에 잠시 현기증을 앓고 선 무른 벚잎들이 꺾인 고개 들어 문득 재잘거리듯

오빠 나 촉촉이 젖었는데 와서 좀 빨아줄래?

엉성한 스팸메일 같은, 농담 속 깃든 한줌 울음 같은 그 저릿한 문장을 가만히 들여다보고 있자니 어쩐지 나는 길고 긴 답장을 쓰고 싶어졌어

기세 성한 사내도 아닌데 다정한 오빠는 더더욱 아닌데 마음은 멋대로 부풀어 꼿꼿해져 어느새 불콰해진 아랫도리처럼 당장이라도 무슨 말인가를 흥건히 쏟아낼 수 있을 것만 같은데

그 순간 나는 왜 보도방 새끼마담이 돼버린 옛 소꿉친구를 떠올렸는지 흙으로 꽃으로 소꿉을 살듯 고운 색시가 되어 밤마다 술을 따르고 안주를 놓는다며 바랜 웃음을 토하는

경아, 우리 언젠가 어른이 되면 저 멀리 세상 반대편 지중해로 가자 동화 속 샛말간 해변에 누워 꿈꾸듯 죽어버리자

손가락 걸고 약속했지만 오늘도 나는 무심히 책상 앞에 앉아 발신인 불명의 편지를 받고 너는 휘황한 도시의 밤거리를 기약 없이 거닐어 이 계절의 벚잎들은 금세 지고 또 피겠지만 버려질 편지를 쓰겠지만

 경아, 창백한 얼굴을 그러쥔 채 노래하고 춤추는 지중해로 지중해모텔로 2차를 떠나는 경아, 너 혹시 듣고 있니? 나 지금 촉촉이 젖었는데 와서 좀 빨아줄래?

통속적 하루

전화를 걸지 못했다

9층 사무실 창으로 내려다본 바깥 풍경이 탄식하듯 저
무는
이 저녁의 낙막을 나는 그저 방관하기로 한다

눈 주는 곳마다 노을은 무너지고 순하던 잎사귀 화염처
럼 치솟아
죄는 깊어가는데 사랑의 죄 사랑할 수 없는
한그루 은행나무

제 바로 곁에 병든 짝을 세워둔 저 맹목한 사내를
뿌리째 흔든다 한들 우리 계절은 너무나 뻔하고 뻔한 것
이어서 결국
구린 열매 몇알 빈 가슴을 탕진하고 말 뿐

거리는 온통 멀어지는 뒷모습들로 가득해
누구든 어디든 붙잡고만 싶어

퇴근을 놓치고 선 하늘의 망연한 얼굴만 들여다볼 때

이대로 잠시 앓기로 한다
단지 오늘만, 끝으로
보고 싶다 한마디가 몰고 온 이 하루의 고약한 병증

아현동 블루스

부랑의 어둠이 비틀대고 있네 텅 빈 아현동
넋 나간 꼴로 군데군데 임대 딱지를 내붙인 웨딩타운을
지날 때
쇼윈도우에 걸린 웨딩드레스 한벌 훔쳐 입고 싶네
천장지구 오천련처럼 90년대식 비련의 신부가 되어
굴레방다리 저 늙고 어진
외팔이 목수에게 시집이라도 간다면 소꿉질하듯 살림이
라도 차린다면
그럴 수 있다면 행복하겠네
신랑이 어줍은 몸짓으로 밤낮 스으윽사악 스으윽사악
토막 난 나무를 다듬어 작은 밥상 하나를 지어내면
나는 그 곁에 앉아 조용히 시를 쓰리 아아 아현동,으로 시
작되는
주린 구절을 고치고 또 고치며 잠이 들겠지
파지처럼 구겨진 판잣집 지붕 아래
진종일 품삯으로 거둔 톱밥은 양식으로 내려 밥상을 채
울 것이네
날마다 우리는 하얀 고봉밥에 배부를 것이네

아아 그러나 나는 비련의 신부, 비련의
아현동을 결코 시 쓸 수 없지 외팔의 뒤틀린 손가락이
식은 밥상 하나 온전히 차려낼 수 없는 것처럼
이 동네를 사는 누구라도 끝내 행복할 수는 없겠네
영혼결혼식 같은 쓸쓸해서 더 찬란한 웨딩드레스 한벌
쇼윈도우에 우두커니 걸려 있고 그 흘러간 시간의 언저리
도시를 떠나지 못한 혼령처럼 서 있네 나는

약국은 벌써 문을 닫았고

아프다,는 한마디를 위해 이 길을 걸어왔다 그러나

하루는 무참히 저물었구나 오래 뒤끓던 몸을 뉘었구나

어느 새벽 우리가 애달피 낳은 병은 진종일 한숨으로
자라

오늘의 육중한 밤을 이루었구나 녹슨 셔터가 내려앉은
구석구석

해쓱한 낯빛의 상점들은 서둘러 서로의 이름을 지우고

술렁이던 밥집과 술집은 다만 침묵의 메뉴판을 내걸었
구나

잠시 잠깐 하늘의 흐린 혈관을 두드리는 빗방울

링거를 타고 흐르는 수액처럼 그러나

애당초 잘못 전해진 처방전처럼

간신히 붙박아둔 추억조차 말갛게 물러져 어디론가 흘러
가는데

빗줄기 사위도록 간판은 보이지 않고 아무 불빛도 손 흔
들지 않아

이제 와 나는 다만 습관처럼 서성일 뿐 한때의 조악한 통
증을 둘러업은 채

약국은 벌써 문을 닫았고 여기 골목

시린 이마를 짚어주는 붉은 이 이제는 없다

화장실이 없는 집

방문 앞 수돗가에서 오줌을 싸요 엄마는
밤낮 터질 듯 충혈된 가랑이를 내벌려요 병든 집들을 빽빽이 둘러맨 앞산 구릉처럼 어금니를 앙다물고, 하지만 웬걸요
문드러진 잇새론 이내 흥건한 신음이 터져나와요

나는 꾹 참았다 밤에만 싸요 아무도 몰래 치마 속을 비집고 든 높바람이 막무가내로 온몸을 휩쓸고 가면
하수구 아린 구멍엔 우스꽝스러운 이끼만 돋아나요 우죽우죽 나는 자라나요

비가 오는 날이면 지린내는 온 동네를 뒤덮어 세수를 하다가도 이를 닦다가도 우욱우욱 종일 헛구역질을 해대는 집
담장 아래 웃자란 꽈리처럼 젖이 부푼

스무살 언니는 들어오지 않는 날이 더 많아요 들어와도 집에서 오줌 싸지 않아요 더이상 아무도 집으로 놀러 오지 않아요

마스크를 쓴 구청 직원들 킬킬거리며 쓰러져가는 양철문
을 두드릴 때마다 대책 없이
　오줌소태를 앓는 집 대책 없이

　휘늘어지는 새벽이면 오줌줄기는 더욱 힘차고 억세 거짓
말처럼
　한참을 뒤척이다 잠이 들어요 싸늘한 머리맡이며 금 간
벽 틈으로 끝없이 넘쳐흐르는 오줌에 두둥실

　집이 떠내려가는 꿈은 얼마나 아름다운지
　엄마와 언니와 내가 손을 맞잡고 그득히 출렁이는 오줌
위를 떠다니는 꿈 끝내 정박하지 못한

칼 이야기

펄펄 날뛰는 목숨을 재우는 데 전부를 탕진했지

시커먼 녹을 흉터처럼 두른 칼

아무 주방 아무 선반에고 엎드려 질긴 시간을 채 썰었지만
정작
어느 것 하나 썰어낸 일 없는

스치듯 새겨진 물의 이름들
젖은 꿈속을 헤엄쳐 올 때면 백치의 비린 눈을 슴벅일
때면
오롯한 죄여 병이여 맨발로 탄식하는

이따위 몰지각한 쇠붙이라니,
너는 말하지 칼자루를 거머쥔 너는
끌끌 혀를 차며 빈 찬장 구석으로 팽개쳐버리고 말지만

이런 칼도 하나쯤 있는 법

예리하고 날랜 칼날이 아니라 부러진 칼끝으로 썩어가는
자루로 이야기하는

아무도 벼릴 수 없고, 어쩌면 누구도 벼리려 하지 않은

칼
벌써 오래전 스스로를 절단 낸

한자루 무쌍한

망명

실패다

오늘 공항에 앉아 생각한다
저 삼만 피트 상공에 올라 객쩍은 머리통이 몸통이 깡그
리 파괴될 수 있기를
자연사할 수 있기를

어떤 의문부호도 참견하지 않는 명백한 죽음만이
내 오랜 꿈

과연
조금 전 든 여행자보험의 법정상속인은 누가 될 것인가
애당초 보험이란 게 존재하기는 했나 그렇다 한들

실패다, 삶이여, 삶기지 못한 감자여
여기 강마른 밭뙈기에 잠자코 엎드린
나는 너를 비난하고 싶다 사정없이 상처 입히고 싶다

단 한번 흉내조차 내지 못한 추락, 그 식어버린 표정에 대
하여

　그리움을 이야기할 누구도 남아 있지 않은 모국
　내 것이 아닌 이름으로 자꾸만 머뭇대며 살아 있는 일에
대하여

　실패다
　이대로 끝이 아닌 모두가 실패, 실패다

미자

밤의 불광천을 거닐다 본다 허허로운 눈길 위
미자야 사랑한다 죽도록,
누군가 휘갈겨 쓴 선득한 고백

비틀대는 발자국은 사랑 쪽으로 유난히 난분분하고 열병
처럼
정처 없이 한데를 서성이던 저 날들
미자

미자는
지금 어디에 있을까 어디로 떠나갔을까

부패한 추억의 냄새가 개천을 따라 스멀거리며 일어선다

겨우내 그칠 줄 모르고 허우적대던 절름발이 가랑눈과
그 불구의 몸을 깊숙이 끌어안아 애무하던 뒷골목
금 간 담벼락마다 퉤— 보란 듯 흘레붙고 싶었던
지천한 허방 속 야생의 짐승처럼 똬리를 틀고 아귀 같은

새끼들을 싸지르고 싶었던
  내 불온했던 첫사랑, 미자는

  아직 그 어두운 길 끝에 살고 있을까
  아니다
  아니다 어쩌면
  미자는 처음부터 없었던 게 아닐까

  돌이켜보면
  사랑이란 이름의 무수한 날들은 하나같이 사랑 밖에 객
사했듯이
  눈의 계절이 저물면 저 아픈 고백 또한 질척이는 농담이
되고 말 일

  미자는 지금 여기에 없고 사랑하는
  미자는 나를 모르고
  기어이 내 것이 아니고

나프탈렌

멀어지는 일 옷장에서
신발장에서 불안이 눅눅히 번진
이 방에서 도시에서
끝내 무표정한 얼굴로

지상의 외딴 그늘에 숨어
두꺼운 한권 책을 읽는 일
어떤 사소한 이야기도 시작되지 않는 책
우연처럼 찢겨나간 페이지에 이르러
잠시 웃음을 머금는 일

울음이 다 닳도록 조금씩
아주 조금씩
안녕을 연습하는 일

더듬더듬
뜻 모를 문장들을 읽다보면
자꾸 벌레에 물리고 벌레는 나를 사랑해,

사랑해 말하면
모두들 슬그머니 달아나
끝내 무표정한 얼굴로

그 모습을 가만히 지켜보는 일
내가 만든 이별의 냄새를
내가 맡는 일
잠시
쓰디쓴 웃음을 머금는 일

김밥천국

연인이 밥을 먹네

헝클어진 머리통을 맞대고 늦은 저녁을 먹네

주방 아줌마 구함 벽보에서 한걸음 물러나 정수기가 놓인 맨 구석 자리에 앉아

푸한 김밥 두어줄 앞에 놓고 소꿉을 살듯

여자가 콧물을 훌쩍이자 그 앞으로 쥐고 있던 냅킨 조각을 포개어 내미는

남자의 부르튼 손이 여자의 붉어진 얼굴이

가만가만 허기를 달래네

때마침 식당 앞 정류장에 당도한 파주행 막차

연인은 김밥처럼 동그란 눈으로 젓가락질을 멈추네

12월의 매서운 바람이 잠복 중인 바깥

버스 뒤뚱한 꽁무니를 넋 없이 훔쳐보다 이내 버스가 떠나자

그제야 혓바닥 위에 올려둔 김과 밥의 부스러기를 내어 재차 오물거리네

흰머리가 희끗한 주인은 싸다 만 김밥 옆에서 설핏 풋잠에 들고

옆구리가 미어지도록

연인은 밥을 먹네 김밥을 먹네

안부

소도시 원룸의 아버지는 요 며칠 부쩍 꿈자리가 사납
다고
일장춘몽이라 했느니, 딸아
모쪼록 너는 안녕히 잘 지내거라

언제부턴가 세상의 모든 인사는 작별 인사

수화기 저편 아버지는
무거운 이불 속으로 더 무거운 몸을 끌어다 묻는다
그 곁에 붉은 흙냄새를 풍기는 잠이 별안간 찾아들 것
이다

오늘 나는 수첩 한 페이지를 열어 때늦은 유언을 적는다
만원버스 구석에 앉아 졸음을 토할 때나 허겁지겁 숟가
락을 들 때
사랑을 나눌 때조차 가방 한쪽에 숨죽이고 있을 유언들

나를 둘러싼 모든 것은 그만 기민한 어제가 된다

처음이자 마지막 봄볕이 성에 낀 창가를 잠시 두리번거
리다 멀어진다
일장춘몽이라 했느니,

무슨 이유에서인지 안녕하지만은 못했던 날들이
구태여 잠잠히 흘러간다

정전

옆방 102호, 그 아무개를 알게 된 건
이슥한 밤의 일

해독할 길 없는 어둠과 어둠 사이
아득한 적요로 우거진 공중(空中)
불현듯

콘크리트 벽 저편으로부터 내솟는
한줄기 거센 오줌발, 아
이는 분명
산 자, 살아 펄떡이는 자의 소리
기원을 잃어버린 어느 짐승의 긴한 울음소리

어쩌면 그는
맨눈으로 뒤척이다 깨어 속수무책
이 밤의 맹기를 견디는 자임을
길을 헤매던 낮 속에 피 흘리고 상처 입은 자임을

그래, 어쩌면 그 또한
황야의 낯선 동굴을 홀로 찾아들듯
이역의 단칸방에 불을 놓고 허성한 밥상을 차렸으리
그 위 한그릇 식은 밥이 남몰래 몸살을 앓았으리

벌거벗은 굉음은 방 안 가득
뭉클한 미명을 드리우고
굳게 걸어잠근 이부자리 한켠 제풀에 어려 흥건한데

이제 나는
쇠한 짐승의 마지막 발톱을 세워 똑똑
그 벽에 노크를 하니
거기 있습니까

웅크려 흐느끼던 집들 반짝 고개 들어
도시의 하늘을 올려다볼 때 총총히 여문 귀를 가져다 댈
때 거기,
거기 잘 있습니까

수상한 인사

안녕
반갑게 인사합니다
알아보지 못하시는군요

악수 대신 결투를 청한 걸까
보자기 대신 주먹을 내밀고 만 걸까

머쓱한 마음에 뒷머리만 긁적이다 돌아섭니다
바보처럼

도처에 흘러넘치는 안녕 안녕
눈부신 인사들
평화의 감탄사들, 가까이할 수 없는
저 수많은 인사는 누구의 것입니까
누구를 위한 성찬입니까 그대

나는 인사가 없습니다
그대에게 줄 안녕이 없습니다

제3부

내연

나는 저 그늘의 정부(情婦)
낮빛이 아득한 한마리 새끼를 낳고 싶었지

세상의 지붕 위로 둥글게 일렁이는 빛들 노래들
시시때때로 꽃을 피우고 열매를 게울 때
훈풍으로 몸이 부푼 새들 저마다 모여 다정을 탕진할 때

아가야 아가야 내 귀여운 아가야
어서 빨리 오너라
네 차가운 피로 내 달뜬 눈을 멀게 해다오

배는 돌산처럼 뾰족이 솟아오르고
꾸역꾸역 나는 입덧을 하지 도대체 왜
깨진 돌을 씹는 기분이야
꼬리를 뜯어 먹고 허기를 달래는 자세야 아랑곳없이

세상 가득 일렁이는 빛들 노래들
저마다 모여 다정을 탕진할 때

다정 아닌 것들 다정을 기웃거리며 몇가닥 식은 웃음을
집어삼킬 때, 아아 나는

　　늙고 병든 애인을 배반하고서 마침내
　　타락한 여인네처럼
　　새끼를 죽인 슬픈 어미처럼

단추를 잃어버리고

거울 앞에 서서 보니 셔츠 앞단추가 없다
가슴 옷자락 사이 벌어진 틈이 휑하다 동굴처럼 검다
이 어두운 속
낯익은 상여 한채 지나간다, 까닭도 없이
드리워진 죽음의 행렬

상복을 입은 한떼의 적막이 나를 노려본다
비늘처럼 돋아난 적의를 온몸에 휘감은 채
포효하는 침묵의 괴물
언젠가 울고 웃던
노래들 모두 어디로 흘러갔는지
스산한 장송의 메아리만 우죽우죽 돋아난다

단추 하나 잃어버렸을 뿐인데

거울 밖으로 흉측한 손들이 튀어나와
빈 몸뚱이를 사정없이 낚아챈다 동굴 마른 바닥 위
깡그리 뭉개지는 지난날의 뼈와 살

단추 하나 잃어버렸을 뿐인데
버렸을 뿐인데

겨울에 태어났어요

생일이 언제야? 물으면
망설이곤 해요 축하한다는 말은 때로
미안하다는 말과 같아

겨울,
겨울에 태어났어요 거룩한 불행을 종교로 삼았을 때
식구들은 자주 언성을 높여 다투고
만삭의 엄마가 이방의 눈 쌓인 내리막을 데구루루 굴렀
을 때
엄마는 서랍장 맨 깊숙한 곳 부러 펴보지 않은 배냇저고
리를 떠올렸다는데

신이여 부디 보살펴주소서 머리통이 찌그러진 나의 갓
난애
우스꽝스러운 기도를 더듬거렸을 때 천장이 기우듬한 골
방에 숨어
미역 줄기처럼 불어터진 울음을 씹어 넘겼을 때

그때는 겨울

아니 어쩌면 봄이나 여름일지도 모르겠어요

아무래도 상관없겠죠

잎이 나기도 전에 꽃을 지우는 봄도 있겠죠

그러나 말해주세요

너는 태어났구나 어느 추운 날

축하한다고 말해주세요 묵은 골방 문을 열고 가맣게 숨

죽이던 것들 모조리 불러

내가 당신 앞에 설 때

미안하다, 끝내

그 어려운 인사를 건네려 한다면

머플러

목에 감고 있던 것을 풀어 내게 건넸지
오슬오슬 떨던 겨울 어느 밤
늘 하나쯤 갖고 싶던 머플러, 너는
참 따뜻하구나
얼어붙은 말은 쉽게 바깥으로 나오지 못했지
괜한 침묵만 웅얼거리고 섰을 때 목은
나의 목은
기형의 나무처럼 불쑥 돋아나 어째서
입김을 담은 두 손은
아픈 가지를 보살피듯 조용히 머플러를 둘러주었지
이내 나는 뜨거워지고
목은 자꾸만 따끔거려 참을 수 없이
쓰디쓴 침이 고였지 목구멍에 엉긴 침은
멋대로 튀어나와 퉤—
아름다운 하나의 얼굴을 뭉개고
나는 놀라서
바닥에 내동댕이쳐진 눈처럼 하얗게 질려서
황급히 돌아섰지 싸늘한 기색으로

바람이 뒤통수를 노리는
얼룩진 눈길을 저벅거리며
나는 달아나
어둠속으로 어둠속으로
기다란 머플러는 바닥에 질질 끌려 급기야
줄이 묶인 나무를 치받고 도망치는 잡종의 개처럼
달리고 또 달렸지
아무도 뒤쫓아오지 않는 골목을 혼자서
참 따뜻하구나, 알 수 없는
그 독한 온기를 온몸으로 움켜쥐면서

눈곱

내가 사랑한 건 당신의 눈곱
후미진 곳 자그맣게 돋아난 한포기 이끼 같은 것

이 어두운 것을 꽃이라 하자 우리 긴긴 그늘을 빼닮은 이
름을 붙여
아무도 부르지 않는

그 속에 숨어 천천히 병들고 싶었지
영영 차도를 모르는 나의 병 영원의 병

어느날 희고 아름다운 손가락 하나 눈가로 향했을 때 슬
며시 눈가에 끼인 것을 훔쳐냈을 때

잠시 거울을 보고 온다 하던 당신은
두번 다시 나타나지 않았고 두번 다시 어떤 슬픔도 돋아
나지 않아

오래도록 화분에 물을 주었지

한번 들이켜면 장님이 된다는 물 영원의 물

조화(造花)라 새겨진 팻말을 나는 본 적이 없었지

눈꺼풀

얼마나 다행인지
눈을 감을 수 있으니까

이 방은 밤의 것
나는 오래전 여기에 세 든 사람
눈을 감을 수 있으니까
눈 감는 법만을 배웠으니까

아침으로부터
아침을 가장한 크고 단단한 열차로부터

칙칙폭폭 너는 손을 흔들고
어디로 가는지 이대로 멀어지는지
방으로부터
내가 일러준 단 하나의 주소로부터
칙칙폭폭 노래를 싣고 어둠을 달래던 상냥한 마음을 싣고

얼마나 다행인지

볼 수 없으니까 울 수 없으니까

이토록 즐거운 사람
나는
홀로 밤의 것 밤은 나의 것

눈꺼풀이 있다는 것
바로 이것

용산을 추억함

　폐수종의 애인을 사랑했네 중대병원 중환자실에서 용산
우체국까지 대설주의보가 발효된 한강로 거리를 쿨럭이며
걸었네 재개발지구 언저리 함부로 사생된 먼지처럼 풀풀한
걸음을 옮길 때마다 도시의 몸 구석구석에선 고질의 수포
음이 새어나왔네 엑스선이 짙게 드리워진 마천루 사이 위
태롭게 선 담벼락들은 저마다 붉은 객담을 쏟아내고 그 아
래 무거운 날개를 들썩이던 익명의 새들은 남김없이 철거
되었네 핏기 없는 몇그루 은행나무만이 간신히 버텨 서 있
었네 지난 계절 채 여물지 못한 은행알들이 대진여관 냉골
에 앉아 깔깔거리던 우리의 얼굴들이 보도블록 위로 황망
히 으깨어져갔네 빈 거리를 머리에 이고 잠든 밤이면 자주
가위에 눌렸네 홀로 남겨진 애인이 흉만(胸滿)의 몸을 이끌
고 남일당 망루에 올라 오 기어이 날개를 빼앗긴 한마리 새
처럼 찬 아스팔트 바닥을 향해 곤두박질치는 꿈이 머릿속
을 낭자하게 물들였네 상복을 입은 먹구름떼가 순식간에
몰려들었네 깨진 유리창 너머 파편 같은 눈발이 점점이 가
슴팍에 박혀왔네 한숨으로 피워낸 시간 앞에 제를 올리듯
길고 긴 편지를 썼으나 아무도 돌아올 줄 모르고 봄은 답장

이 없었네 애인을, 잃어버린 애인만을 나는 사랑했네

아아,

담장 저편 희부연 밥 냄새가 솟구치는 저녁
아아,
몸의 어느 동굴에서 기어나오는 한줄기 신음

과일가게에서 사과 몇알을 집어들고 얼마예요 묻는다는
게 그만
아파요 중얼거리는 나는 엄살이 심하군요
단골 치과에선 종종 야단을 맞고 천진을 가장한 표정으로
송곳니는 자꾸만 뾰족해진다

아무 일도 일어나지 않았는데 아직
아침이면 무심코 출근을 하고 한달에 한두번 누군가를
찾아 밤을 보내고
그러면서도 수시로 아아,
입을 틀어막는 일이란
남몰래 동굴 속 한마리 이름 모를 짐승을 기르는 일이란
조금 외로운 것일지도 모른다고
언젠가 동물도감 흐릿한 주석에 밑줄을 긋던 기억

아니요 말한다는 게 또다시 아파요
나는 아파요

신경쇠약의 달은 일그러진 얼굴을 좀체 감추지 못하고
집이 숨어든 골목은 캄캄해 어김없이 주린 짐승이 뒤를
따르고
아아,

간신히 사과 몇알을 산다 붉은 살 곳곳에 멍이 든 사과
짐승은 허겁지겁 생육을 씹어 삼키고는 번득이는 눈으로
나를 본다
더는 참을 수 없다는 듯

커튼

사시사철 굽은 등에 잿빛 카디건을 걸친 그녀는 늘 혼자
였다 이집 저집 떠도는 풍문 속에

함부로 구겨지곤 했다 날이 갈수록 창은 굳게 닫혔다 아
무도 그녀를 몰랐다 그녀의 안부를 묻지 않았다

오래 뒤챈 밤이면 얼굴에 검붉은 열꽃을 피웠지만 알아
채지 못했다

수군거리듯 바람이 창틈을 훑고 지날 때마다 시든 한숨
을 토해내는 그녀

낡은 성경을 펼쳐들고서 오 메시아여 저 멀리로 나를 인
도하소서

낮게 읊조릴 뿐 기도는 서툰 기도에 귀 기울이지 않았다
찬 머리맡 뜬눈으로 기른 별들마저

모른 체 달아나, 이른 아침 출근길 그녀의 창을 올려다본
한 사람

무심코 그녀에게로 향했다 반쯤 부서진 창 저편 공중에
목을 매단 채 이리저리 너울대는

앙상한 몸이 누군가 그 누군가를 간절히 손짓해 부르는
듯했기 때문이란 알 수 없는 이야기

사람들의 휑한 입속을 어둑어둑 드리웠다 열어젖힐 수
없는 밤이 왔다

비누

늦은 저녁상 앞에 앉았을 때
쥐가 갉은 비누를 너는 보여주었지
작은 손바닥 위 우스꽝스러운 모양으로 뭉개진 비누
웬 벌거숭이가 구부러진 숟가락으로 고봉밥 한 귀퉁이를
몰래 헤적이다 내뺀 자국같이

큰일이야,
요즘 세상에도 쥐가 욕실을 드나들다니

쥐약을 사야 한다고
번쩍이는 덫을 놓아야 한다고 너는 종일
마트를 시장을 바지런히 오가지만

근데 말이야, 어떻게 됐을까 그 쥐는

비누를 양식으로 허겁지겁 집어삼키고서
다시 제 일터로 나선 쥐

씻어도 씻어도 지워지지 않는 향이
자그마한 몸에 슬어 몹시도 앓겠네 오이 향이나 살구 향
같은,
우리는
마주 보며 싱긋 웃어도 보지만

큰일이야, 이내
어두워진 찬을 서로의 그릇 쪽으로 조용히 밀며

몇달째 하수구 악취가 가시지 않는 낡은 욕실을
자꾸만 흘깃거리며

새

열어둔 사무실 창으로
바람이 분다 어느 그윽한 입술이 부려놓은 귓속말처럼
여린 살갗을 간질이는 바람, 책상 위
흰 서류 몇장 푸드덕거리며 날아오른다

일없이 공중을 두어바퀴 돌아
키보드 위 사뿐히 내려앉는가 싶더니 금세
찬 바닥으로 곤두박질친다

무른 깃털이 한움큼은 뽑혔으리

종이는 원래 새였다는 사실을 어렵게
어렵게 기억해낸다

나도 한마리 새끼 꿩이었는데
가을이면 찔레 열매를 뜯어 먹고 볕이 들어찬 가지 끝에
걸터앉아 끄덕끄덕 졸곤 했는데

커다란 모니터 너머 펼쳐지는 울창한 숲, 아아
갑자기 번쩍 컴퓨터 전원이 꺼진다

시들기 직전의 잎사귀 몇 지절거리며 불러낸 마술일까
더없이 낡고 촌스러운
초로의 마술사여
부디 너의 모자 속으로 나를 데려가다오
거기 아무도 찾지 않는 귀퉁이에 푸수수
작고 작은 둥지를 틀고 싶다

우연의 완성

종로3가역 1번 출구 계단에서 느닷없이
우리가 만난 일
당신은 골뱅이호프로 나는 서울극장으로 총총히 걸음을
옮기다
어, 안녕하세요, 어, 안녕, 인사를 건넨 일

눈을 동그랗게 뜨고 잠시 잠깐
서로를 바라본 일

우리 둘 사이
구걸하는 노인이 낮은 음성으로 무어라 중얼거린 일
판타지의 한 장면 능통한 주문처럼
나란히 보조개를 맞춰 입은 어린 연인은 까르르 웃음을
터뜨리고
안녕을 말하며 손을 흔들며
우리가 멀어져간 일

낯선 숨결의 사람들 틈

한참을 종종거리다 괜스레 멈춰 뒤돌아본 일

당신은 왁자한 술자리로 나는 어둠 무성한 객석으로
자꾸만 가물대는 뒤통수를 비끄러맬 때
내가 당신을
당신이 나를 애써 부르지 않고 아득한 길 위에 놓아준 일

그로부터 나는
제일만물 희부연 창가에서 종로지구대 담벼락에서
주름으로 얽히고설킨 탑골공원 구석구석에서 알은체
당신을 알은체하느라 쉴 새 없이 두 눈을 깜짝거리고 그
로부터
내내 만지작거리던 우연을 가방 속에서 펼쳐 든 당신이
활짝
인사를 건네는 일

안녕, 난생처음
깡통을 뚫고 나온 골뱅이처럼 영원히 엔딩에 닿지 않는

한편의 영화처럼

서로가 서로를 향해 걸어가는 일

무명배우의 죽음에 부쳐

행인(行人) 4였다 여기에서 저기로 저기에서 거기로 끊임없이 걸었다 무엇 때문에 왜 어디로 향하는지 알 수 없었으나 알 수 없었으므로 더 부지런히 걸었다 밥을 먹을 때도 잠을 잘 때도 그는 걷고 있었다 아무도 알아채지 못했지만 그럴수록 오히려 걸음은 보란 듯이 유유히 그 긴 찰나의 생애를 지나쳐갔다 자주 비틀거리며 넘어지며 우스꽝스러운 NG 장면처럼 누군가 피식 실소를 흘렸지만 급히 채널을 돌리고 말았지만 그는 걸었다 걷고 또 걸어 마침내 걸어도 걸어도 제자리임을 알게 되었을 때 그는 행복하였다 처음부터 끝까지 모두가 다만 연기(演技)였으므로

푸른 밤

짙푸른 코트 자락을 흩날리며
말없이 떠나간 밤을
이제는 이해한다 시간의 굽은 뒷모습을 물끄러미 바라볼
수록
이해할 수 없는 일, 그런 일이
하나둘 사라지는 것

사소한 사라짐으로 영원의 단추는 채워지고 마는 것
이 또한 이해할 수 있다

돌이킬 수 없는 건
누군가의 마음이 아니라
돌이킬 수 있는 일 따위 애당초 존재하지 않는다는 사실

잠시 가슴을 두드려본다
아무도 살지 않는 낯선 행성에 노크를 하듯
검은 하늘 촘촘히 후회가 반짝일 때 그때가
아름다웠노라고,

하늘로 손을 뻗어 빗나간 별자리를 되짚어볼 때
서로의 멍든 표정을 어루만지며 우리는
곤히 낡아갈 수도 있었다

이 모든 걸 알고도 밤은 갔다

그렇게 가고도
아침은 왜 끝끝내 소식이 없었는지
이제는 이해한다

그만 다 이해한다

향기로운 밥

살뜰히 지어낸 한그릇 밥, 여기
투명한 봉분이 있다 쌀통 안 옴질대던 바구미 한마리 제
숨을 부려놓았다

평생을 두고 탐닉한 몇톨의 실박한 세계 그 어느 틈엔가
이렇다 할 묘표도 망석도 없이 조용히 빈 몸을 안장시켰
을 것이다

열망의 모양대로 동긋이 굽은 등과 잦은 시련을 걷던 다
리 다시금 길을 밝히던 더듬이까지
모두 이 속에 고스란히 흐무러졌을 것이다

한평생 코 박고 몰두하던 곳
그곳에 죽어 묻힌다는 것 영원히 하나의 세계만을 신봉
한다는 것 과연

성자의 최후라 읽어 마땅할 잠언의 기록

선연한 계시가 그릇 위로 모락모락 피어오른다

　제상 앞 향탁에 머리를 조아리듯 조심스레 숟가락을 들자 기꺼이 한술 밥으로 퍼올려진 바구미 한마리

　향긋한 잠이 주린 입속을 감돈다

어떤 여정

어느날 마침내
우리가 아르항가이 고요한 초원에 서게 될 때
그때는 당신, 몇마리 순한 양을 몰고 내게로 와줘
다부진 눈매의 유목민 사내가
오랫동안 아껴온 여인에게 청혼을 하러 먼 길 나서듯
한발 한발 설레는 걸음을 걸어 어린 날의 콧노래를 흥얼
거리며 그렇게
당신이 걷는 몇날 며칠 그 낮과 밤 동안
세상의 꽃과 바람과 강물은 결코 잠들지 않아
옛날 옛적 무너진 어워의 돌무더기에도 흥건히 젖이 불어
그 속 발간 뿌리를 박고 자라나는 한 망울의 순정한 빛을
당신은 보게 될 테지 하지만 이내
청춘의 산록을 지나는 사이 걸음은 차츰 더뎌지고
고단한 시간의 짐을 짊어진 당신의 늘어진 어깨 위로
내지의 적막을 견디는 별들의 깊은 한숨과 절망이 스며
들겠지
대지 곳곳 살아 있는 것들을 온통 휘몰아 쓸듯 시린 어둠
이 밀려들면

우리의 길은 그만 까마득 잊히고 말겠지 나의 게르는 먼 지처럼 부서져

서쪽 산자락 어디쯤에선가 곡을 하듯 마두금 소리 울려 퍼지고

늙은 양들은 그대로 쓰러져 눈을 감겠지

서서히 식어가는 모닥불 앞에

홀로 앉은 당신은 소리 내어 엉엉 울게 될지도 몰라

꽃과 바람과 강물을 모조리 잃어버리고 이제 두번 다시

아침은 밝아오지 않겠지

지난날의 쇠한 발자국들만이 아득한 곳에서 당신의 이름 을 부르겠지

이미 당신은 없고 이생의 머나먼 길마저 한편의 고약한 꿈으로 끝이 날 때

그때는 와줘 내가 당신의 열두번째 아내가 될게

지익

　내 아버지가 나고 자란 마을에선 저녁을 지익이라 부르지
　야야 지익 묵구로 인자 고마 들온나, 할머니 정지 앞에 서
손짓하면
　순하게 누운 하늘과 땅 그 맞닿은 속살 어디쯤에선가 지
익―지익―
　땅거미가 낡은 신발 뒤축을 끌며 오는 소리
　상고 졸업반 아버지가 책가방 대신 지게를 지고 마당문
을 여는 소리
　풀물이 든 교복 어깨 위 지고 든 한짐 장작이
　빈 아궁이 속 군불로 타오르고 굴뚝 위 녹녹한 연기로 피
어오르고
　여물 끓는 냄새가 어미 소의 오므라진 배를 채우는 내
　외양간 흙벽에 등을 고인 아버지는
　동산 너머 펄펄 고동쳐가는 열차의 박동에 한없이 귀를
주곤 하였지
　대처로 나간 어린 누이들 밤마다 재봉틀 위에 기워낸다
는 순흑빛
　꿈, 그 어슷한 기망을 곱싸박듯 읊조리곤 하였지

새끼의 등을 핥던 어미 소 물기 어린 두 눈을 끔벅일 때면

어느새 자욱이 밀려드는 지익— 지익—

낯모를 슬픔이 마음의 여린 뺨들을 할퀴는 소리

할퀴인 자리마다 여문 어둠이 촘촘히 수놓이는 소리

야야 고마해라 지익 다 됐다, 하면

마루 위 한상 가득 내려앉은 달큰한 지익은 그만

밥이 되고 약이 되었네 눈시울을 훔치며 달려와

말없이 숟가락을 든 젖은 손등 위 한줄기 우직한 심줄에도

막 새살이 오른 듯 뜨거운 빛이 돌았네

그라시아스 알 라 비다[*]

남승원

1. 불행의 부활

박소란 시인의 이름이 선명하게 기억에 남게 된 것은 2010년 봄이었다. 시인은 그 계절에 「용산을 추억함」이라는 작품을 발표했는데 여러모로 특징적인 인상을 주었다. 우선, 이제 막 시단에 발을 들여놓은 젊은 시인의 선택이라고 하기에는 조금 의외로 사회적 갈등을 정면으로 다루고 있다는 점이 그랬다. 시에서 사회적인 문제를 언급한다는

---

[*] Gracias a la vida. '삶에 감사한다'는 뜻의 에스빠냐어. 반독재투쟁과 라틴아메리카의 음악 혁명(Nueva canción)을 이끈 아르헨띠나의 가수 메르세데스 쏘사(Mercedes Sosa)가 부른 노래로 잘 알려져 있다. 누에바 깐시온의 어머니라 불리는 칠레의 비올레따 빠라(Violeta Parra)가 작사, 작곡했다.

것이 그리 드물거나 낯선 일은 아니다. 하지만 2000년대 이후 우리 시의 관심사가 현실 그 자체보다는 현실의 발전논리를 받아들여 스스로를 착취하게 된 이른바 '성과주체'의 내면 탐구에 보다 쏠렸던 점을 생각해보면 박소란의 시는 그와 조금 다른 맥락에 서 있었다.

　모든 방향에서 시작되어 아주 미세한 부분에까지 작용하는 현실의 압력에 대응하기 위해서라면 대개의 젊은 시인들이 택한 분열된 주체의 시적 형상은 분명 효과적인 방법이라고 할 수 있다. 게다가 어느정도 시인 스스로의 개성을 손쉽게 확보할 수 있는 방법이기도 하다. 하지만 박소란은 전통적인 서정적 주체를 전면에 내세우고 우리 주변에 떠도는 이야기들을 쏟아내기 시작했다. 공동체의 가능성에 대한 믿음을 바탕으로 에두르지 않고 사회적 문제 속으로 파고들어가는 그의 시는 새롭지 않기 때문에 오히려 특별하게 다가왔다. 첫 시집 전반에 걸쳐서 이와 같은 방식은 여전히 유효한데, 그것만으로도 이 새로운 시인에게 우리는 충분한 신뢰를 가져도 좋을 듯하다. 이 작품을 찾아 다시 한번 읽어보았다.

　폐수종의 애인을 사랑했네 중대병원 중환자실에서 용산우체국까지 대설주의보가 발효된 한강로 거리를 쿨럭이며 걸었네 재개발지구 언저리 함부로 사생된 먼지처럼

풀풀한 걸음을 옮길 때마다 도시의 몸 구석구석에선 고
질의 수포음이 새어나왔네 엑스선이 짙게 드리워진 마천
루 사이 위태롭게 선 담벼락들은 저마다 붉은 객담을 쏟
아내고 그 아래 무거운 날개를 들썩이던 익명의 새들은
남김없이 철거되었네 핏기 없는 몇그루 은행나무만이 간
신히 버텨 서 있었네 지난 계절 채 여물지 못한 은행알들
이 대진여관 냉골에 앉아 깔깔거리던 우리의 얼굴들이
보도블록 위로 황망히 으깨어져갔네 빈 거리를 머리에
이고 잠든 밤이면 자주 가위에 눌렸네 홀로 남겨진 애인
이 흉만(胸滿)의 몸을 이끌고 남일당 망루에 올라 오 기
어이 날개를 빼앗긴 한마리 새처럼 찬 아스팔트 바닥을
향해 곤두박질치는 꿈이 머릿속을 낭자하게 물들였네 상
복을 입은 먹구름떼가 순식간에 몰려들었네 깨진 유리창
너머 파편 같은 눈발이 점점이 가슴팍에 박혀왔네 한숨
으로 피워낸 시간 앞에 제를 올리듯 길고 긴 편지를 썼으
나 아무도 돌아올 줄 모르고 봄은 답장이 없었네 애인을,
잃어버린 애인만을 나는 사랑했네

—「용산을 추억함」 전문

지나간 모든 것은 언제나 추억의 대상이 될 수 있겠지만
최소한 '용산'이나, 그리고 여전히 발생하고 있는 그와 같
은 참혹한 일들에 '추억'이라는 표현은 어울리지 않는다.

따라서 시인이 '용산을 추억한다'고 말했을 때 우리는 두가지 사실을 동시에 받아들일 수밖에 없게 된다. 하나는 그만큼 시대적 흐름의 속도가 빠르다는 점이다. 어떤 사건이 발생했을 때 우리는 보통 그것의 해결에 골몰하지만, 현대사회에서 시간의 제한을 두지 않은 문제해결 방식은 비효율성이라는 비난을 피하기 어렵다. 가치 있는 것은 뒤에 남겨진 것이 아니라 아직 다가오지 않았을 뿐이라는 발전에 대한 기대감으로 결국 우리 사회가 구성되어왔다는 점이 이를 통해 드러난다. 그럼에도 '추억'한다는 것은 어떻게든 그 흐름을 멈춰 세우고, 과거로 밀려가버린 사건을 다시 돌려세우고자 하는 의도가 나머지 하나이다.

애초부터 인간에게 기억은 시간을 거스르는 유일한 수단이다. 우리가 시간의 흐름을 주관적으로 변용하거나 편집과정을 거쳐 수용하는 것이 가능한 이유도 바로 기억의 능력 때문이다. 구술적 전승이든 문자를 통해 기록을 남기든 인간의 문화 역시 기억의 방식으로 이루어졌다. 따라서 아스만(J. Assmann)의 말대로 집단적 기억은 고스란히 '문화적 기억'이라고 할 수 있다. 기억의 주체가 복수성을 가질 때, 그 기억은 사회적 차원에서 부여된 의미화 과정을 거쳐 후대로 이어지기 때문이다. 이때 의미가 부여된 기억이란 단순히 집단적이거나 관습적인 의사소통의 차원을 넘어 제의적(祭儀的) 표상성을 가진 문화가 된다.

문학 역시 문화적 기억으로 이루어진 결과물의 일종이라고 할 수 있다. 특히 시문학은 소설과 달리, 시간의 흐름 속에 일정한 이야기를 배치해야 하는 서사적 운명을 거부할 수 있는 내적 주관성을 특징으로 한다. 무인(巫人)이 처한 이중의 위치, 즉 제의를 주관하는 직업인인 동시에 그 속에 가공되어 전달되는 집단적인 기억을 끄집어내어 소통시켜야 하는 처지를 흔히 시인에 비유하는 것도 이러한 타당성을 지닌다. 어느 순간부터 집단의 기억보다는 개인적인 목표를 달성하기 위해 살아가게 된 현실에서 '용산'을 '추억'하는 박소란의 작업은 바로 이와 같은 무녀의 역할을 떠올리게 한다. 특히, 추억의 대상을 "폐수종의 애인"으로 호명한 뒤 '중대병원─용산우체국─한강로─대진여관─남일당'과 같이 구체적인 장소와 결부시킴으로써 세상에서 한번 사라졌던 존재들은 주체적 특질을 고스란히 간직한 채로 환원된다. "잃어버린 애인만을 나는 사랑했네"라는 시인의 다짐과도 같은 독백이 강하고도 오랜 울림으로 우리 곁에 남게 되는 것처럼 말이다.

　이처럼 죽은 자에 대한 '추억'은 문화적 기억의 인간학적 본질이다. 제의의 기원적 형태가 죽은 자의 이름을 기억하고 불러내어 현실의 우리들과 연결하는 방식에서 유래된 것도 같은 이유라고 할 수 있다. 시모니데스(Simōnidēs of Ceos)의 일화를 생각해보면 쉽게 이해할 수 있듯이 시인

고유의 기억술은 궁극적으로 망자를 추모하는 방식과 다르지 않다. 이때 놓치지 말아야 할 것은 그 주체가 "기어이 날개를 빼앗긴 한마리 새처럼 찬 아스팔트 바닥을 향해 곤두박질"칠 수밖에 없게 된 현실의 모순이 동시에 자각된다는 점이다. 따라서 현실의 거리를 걷고 있는 우리는 과거의 죽은 자와 더불어 "도시의 몸 구석구석에"서 같은 병을 앓고 있는 존재가 된다. 이렇게 "도시를 떠나지 못한 혼령처럼 서 있"(「아현동 블루스」)는 시인의 '추억'을 따라가다보면 '용산', 그리고 우리가 걸음을 옮기는 도시의 공간 전부가 현실의 속도에 덮여 있던 균열들을 오롯이 기억하는 장소로 변모하는 놀라운 경험을 하게 된다.

2. 체념을 공유한다는 것

그렇다면 박소란의 시를 읽기 위해서 우리 역시 작은 용기를 내보는 것이 옳은 일이겠다. 낡고 버려진 것이나 아프고 병든 것들에 대한 관심을 숨기지 않고 드러내는 시인을 따라가는 일은 결국 속수무책으로 무너져내리는 마음의 고통을 사실상 다시 한번 겪는 일과 다르지 않기 때문이다. 가령 시인은 「용산을 추억함」을 시집에 싣는 과정에서 문장대로 행을 구성했던 발표 당시와 달리, 행과 연 구분을 하지 않는 것으로 수정했다. 그렇게 함으로써 다소 낭만적으로 들리던 종결어미의 기능은 한층 약화되고, 시인의 언급을 따라가는 일이 보다 힘들게 느껴진다. 시인이 체감하는 현실의 변화가 그만큼 더디게 이루어지고 있음을 반영하고 있기 때문이다. 따라서 누군가를 진정으로 위로하는 것이 가능하다면, 더구나 그 대상이 "천진히 식어버리고 말 것들"(「만두를 좋아하지 않는 사람처럼」)이라고 한다면 무엇보다도 먼저 식어가는 온도를 따라 같이 체념할 수 있어야 할 것이다. 데워주기 위해 섣불리 다른 온도의 우월함을 내세우기 이전에 말이다. 그것에 공감할 수 있다면 우리는 다음과 같은 지독한 '체념'을 만나게 된다.

　　희망과 야합한 적 없었다 결단코
　　늘 한발 앞서 오던 체념만이 오랜 밥이고 약이었음을

　　고백한다 밤낮 부레끓는 숨과 다투던 폐암 말기의 어머니
　　악착같이 달아 펄떡이던 몸뚱이를
　　일찍이 반지하 시린 윗목에 안장한 일에 대하여
　　마지막 구원의 싸이렌마저 함부로 외면할 수 있었던 조숙한 나약함에 대하여
　　방 한 귀퉁이 중고 산소호흡기를 들여놓고

새벽마다 동네 장의사 명함만 만지작거렸다

그 어떤 신념보다 더욱 견고한 체념으로, 어김없이 날은 밝아

먼 산 기울어진 해도 저토록 가쁘게

가쁘게 도시의 관짝을 여밀 수 있음을 알았다 습관처럼

사랑을 구하던 애인이 어느 막다른 골목에서 뒷걸음질쳐 갈 때도

시험에 낙방하고 아무 일자리나 찾아 낯선 가게들을 전전할 때도

오로지 체념, 체념만을 택하였다 체념은 나의 신앙

그 앞에 무릎 꿇고 자주 빌었으며 순실히 경배하였다

체념하며 산 것이 아니라 체념하기 위해 살았다 어쩌면

이제 와 더 깊이 체념한다 한들 제 발 살 려 다 오

끝까지 매달리던 어머니의 원망 같은 무덤이 핏빛 홍몽으로 솟아오르고

안부조차 알 길 없는 애인이 허랑한 시절이 막무가내로 뺨따귀를 갈긴다 한들

행여 우연히 한번쯤 더듬거리듯 옛날을 불러세운다 한들

절망은 여전히 온 힘을 다해 절망할 것이고

나는 기어이 침묵으로 순교할 것이다 다시 체념을 위
하여
　도망치듯 나를 여기까지 끌고 온 굳센 체념을
—「체념을 위하여」 전문

　중심 이야기는 "폐암 말기의 어머니"와 절망적인 상황에
서 간병을 맡고 있는 '나'와의 사이에서 벌어지고 있다. 하
지만 실제 작품은 그리 단순해 보이지 않는다. 특히, 모순
어법인 "조숙한 나약함"과 "굳센 체념" 사이에서 벌어지는
의미의 충돌은 시 전체에 걸쳐 시적인 의미와 현실적 장면
과의 대립에서 비롯되는 긴장감으로 확대되면서 이 작품을
보다 중층적으로 만든다. 가령, "제 발 살 려 다 오"라는 간
절한 외침과 그런 어머니를 "반지하 시린 윗목에 안장"할
수밖에 없는 사정으로 말미암아 차라리 "체념"을 선택하게
된 화자의 개인적 고백을 우선 따라갈 수 있다. 죽음을 앞
둔 근친을 바라보면서 "동네 장의사 명함만 만지작거"리는
화자의 무능력과 비인간적인 면모를 비난하는 일상적 판단
에 쉽게 동의하게 된다. 아니면, "중고 산소호흡기"밖에 가
질 수 없게 만든 사회의 비정함을 지적할 수도 있다. 하지
만 그러고 나면 어째서 자신의 나약함을 조숙하다고 말하
고 있는지, 체념은 또 왜 굳세다고 믿고 있는지를 알 수 없
게 된다. 시의 전체 진술을 지탱하고 있는 "체념하기 위해

살았다"는 고백의 진의 역시 미궁에 빠지게 되는 것은 물론이다.

우리에게는 앞서 지적한, 집단의 기억을 되살려 이제는 잊힌 존재들을 현실로 다시 소환하는 박소란 시인 특유의 방식을 따라가보는 일이 남아 있다. 그러면 그 순간, "폐암 말기의 어머니"는 "반지하 시린 윗목"에서 '용산'이나 '대추리' 또는 '강정'으로, 때로는 '진도'나 아예 불특정의 높은 '굴뚝' 어디라도 전화(轉化)하는 장면을 목격하게 된다. 그리고 시인이 언급하는 '체념'과 '나약함'은 우리가 살아가면서 느끼는 실제의 감정들과 직접적으로 맞닿아 있는 것임을 알게 된다. 누군가의 죽음을 목격하면서도, 심지어 그 죽음이 내가 곧 맞이할 방식과 동일하다는 것을 알면서도 지금의 삶을 지속시키기 위해 선택하는 유일한 방법으로서 말이다. 다른 사람의 죽음 앞에서 "마지막 구원의 싸이렌"을 "외면"하는 '나약함'이, 그리고 '살려달라'는 타인의 간절한 외침에도 손을 내밀지 못하는 '체념'이 결국 우리들의 삶을 유지하고 있다는 아픈 진실이 드러난다.

여기에서 박소란이 제시하고 있는 "굳센 체념"은 그대로 우리 시 안에 자신만의 개성적인 자리를 마련한다. 그것은 피해자와 가해자를 구분하는 이분법적인 태도나 다분히 수사적으로 역설적 희망을 노래하고자 하는 의도와 관련이 없다. 오히려 사회적 갈등의 이해 당사자와 그 갈등을 품고

(또는 외면하고) 살아가는 일상인 모두에게 동일한 크기의 "체념"을 그대로 다시 돌려주는 데에서 비롯한다. 이같은 시인의 목소리는 분명 낯설지만 진실하다. "시험에 낙방" 한 자에게 필요한 것은 다시 도전해보라는 헛된 '신념'이 아니라 "아무 일자리나 찾아 낯선 가게들을 전전"하게 만드는 '체념'이라는 것을 우리가 이미 알고 있듯이, 시인 역시 자신의 일상에서 힘겹게 길어 올리고 있기 때문이다.

3. 다만, 한줄기 빛

박소란의 시집은 체념과 고통의 등고선으로 가득 찬 일상을 그려낸 지도이다. 그것은 버려진 존재가 내는 원망의 목소리에서도(「노래는 아무것도」), 누구도 사랑할 수 없기에 결국 누구든 사랑할 수 있겠다는 절망적 다짐 속에서도(「돌멩이를 사랑한다는 것」), 또는 울기 위해 마련한 방을 따로 가지고 있는 존재(「울음의 방」)를 통해서도 확인할 수 있다. 특히,

내 집은 왜 종점에 있나

늘

안간힘으로
바퀴를 굴려야 겨우 가닿는 꼭대기

그러니 모두
내게서 서둘러 하차하고 만 게 아닌가

—「주소」전문

　이런 시인의 직접적인 고백은 자꾸만 끄집어내 다시 읽어보고 싶어진다. 읽는 순간 누구나 어렵지 않게 공감하게 될 이 작품에서 우리는 무엇보다도 먼저 시인의 상처를 분명히 확인할 수 있기 때문이다. 그리고 '늘—안간힘—겨우'로 이어지며 발산되는, 우리 삶의 모습과 닮아 있는 어떤 간절함은 짧은 분량으로도 우리 마음을 붙드는 원동력이 된다. 시인이 나열하는 고통의 목록에 기꺼이 지속적인 동참을 하게 되는 것도 여기서 비롯한다. 그리고 그 목록의 어디쯤에서 다음과 같은 장면을 만나게 된다.

　연인이 밥을 먹네
　헝클어진 머리통을 맞대고 늦은 저녁을 먹네
　주방 아줌마 구함 벽보에서 한걸음 물러나 정수기가
　놓은 맨 구석 자리에 앉아

푸한 김밥 두어줄 앞에 놓고 소꿉을 살듯

여자가 콧물을 훌쩍이자 그 앞으로 쥐고 있던 냅킨 조

각을 포개어 내미는

남자의 부르튼 손이 여자의 붉어진 얼굴이

가만가만 허기를 달래네

때마침 식당 앞 정류장에 당도한 파주행 막차

연인은 김밥처럼 동그란 눈으로 젓가락질을 멈추네

12월의 매서운 바람이 잠복 중인 바깥

버스 뒤뚱한 꽁무니를 넋 없이 훔쳐보다 이내 버스가

떠나자

그제야 혓바닥 위에 올려둔 김과 밥의 부스러기를 내

어 재차 오물거리네

흰머리가 희끗한 주인은 싸다 만 김밥 옆에서 설핏 풋

잠에 들고

옆구리가 미어지도록

연인은 밥을 먹네 김밥을 먹네

─「김밥천국」 전문

지금 이 시간에도 도시의 한 귀퉁이에서 분명히 벌어지고
있을 이 연인들의 식사는 처연하다. 역설적 이름으로 우리
사회에 자리 잡은 "김밥천국"에서의 식사는 어쩔 수 없이
하나의 상징이 된다. 하지만 "막차"가 불러일으키는 희망의

마지막 불씨마저 거부하고 "오물거리"는 일에 집중하는 연인들의 모습은 체념의 모습 그대로 삶을 지속시키는 생생한 의지를 보여준다. 이 장면이 그대로 '천국'일 수 있다면, 그것은 오로지 "김밥 옆에서 설핏 풋잠에" 든 "주인"에게까지도 동일하게 배분된 일상의 체념과 고통 때문이다.

아주 오랜만에 우리에게 다시 도착한 듯 익숙한 이 장면은 분명히 우리의 마음 한켠에 아름다움을 불러일으키며 미약하나마 희망과 다시 겹친다. 어째서 그것이 가능해지는 걸까. 자신이 살아가는 사회의 단면을 사실적으로 포착하기 위해 노력한 호퍼(E. Hopper)의 그림에서 도움을 받을 수 있을지도 모르겠다. 잠에서 덜 깬 듯 몽롱하고 멍한 얼굴의 사람들. 누구와도 가벼운 인사조차 나눌 생각 없이 굳게 입을 다물고 있는 표정. 그리고 그들을 압도하기 위해서 존재하는 것처럼 보이는 도시적 풍경들. 호퍼의 그림은 박소란 시인이 그리는 도시의 절망적 풍경과 닮아 있다. 그리고 무력감과 고통 속에 처해 있으면서 타인의 공감마저 기대할 수 없는 공통점을 가진 인물들의 모습에서 우리는 어렵지 않게 스스로의 모습을 발견하게 된다.

하지만 이 둘 모두 정작 보는 사람들의 마음을 사로잡는 것은 한줄기의 빛이다. 그림 속에서 어둑한 방 안의 침대에 걸터앉아 있는 여인에게나 또는 늦은 시간까지 커피 한 잔을 앞에 놓은 채 식당에 있는 사람들에게는 어김없이 빛이

비치고 있다. 마찬가지로, "여자가 콧물을 훌쩍이자 그 앞으로 쥐고 있던 냅킨 조각을 포개어 내미는" 장면에서 우리는 투박한 사랑이 어느 순간 작은 위로로 아름답게 빛나고 있음을 발견한다.

절망적인 상황들을 끊임없이 되살려 고통의 현장으로 재현하는 데 힘쓰고 있는 박소란의 목소리를 외면할 수 없게 만드는 힘은 바로 여기에서 비롯한다. 그는 시라는 탐침을 들고 현실을 횡단하는 모험가가 아니라, "내 아버지가 나고 자란 마을"을 벗어나지 않은 채 그 "낯모를 슬픔"(「지익」)까지 고스란히 계승받는 고통의 적자(嫡子)이다. 우리가 그를 따라 도달한 '체념'의 현장에서 절망과 동시에 그 속에서도 지속되어온 평범한 우리 삶의 가치를 발견하게 되는 것도 바로 이 때문이다. 그 순간 시인이 애써 그려 보여주는 풍경들은, 그리고 그것과 꼭 닮아 있는 우리의 삶은 어느새 그럭저럭 살 만하지 않겠느냐는 위안으로 빛나게 된다. 사람들 사이에서 살아 숨 쉬는 시문학이 발할 수 있는 가장 미약하지만 가장 반짝이는 빛으로 말이다.

南勝元 | 문학평론가

낡은 스웨터를 입고 문을 나선다. 따뜻하다. 죽은 엄마가 벗어두고 간 것인 듯, 목은 늘어지고 팔꿈치엔 잔뜩 보풀이 인 스웨터. 사람들은 잠시 수군거릴지도 모른다. 이따금 스스로가 초라하게 느껴지기도 할 것이다. 그렇지만 스웨터는 더없이 따뜻해. 누군가 새 옷을 권할 때마다 나는 더욱 단단히 옷깃을 여미고. 벽제로 가는 703번 버스를 기다릴 때는 스웨터가 되레 내 처진 어깨를 토닥토닥하기도 하고.

2015년 4월
박소란

창비시선 386

심장에 가까운 말

초판 1쇄 발행 / 2015년 4월 10일
초판 14쇄 발행 / 2024년 7월 24일

지은이 / 박소란
펴낸이 / 염종선
책임편집 / 박준
펴낸곳 / (주)창비
등록 / 1986년 8월 5일 제85호
주소 / 10881 경기도 파주시 회동길 184
전화 / 031-955-3333
팩시밀리 / 영업 031-955-3399 편집 031-955-3400
홈페이지 / www.changbi.com
전자우편 / lit@changbi.com

* 이 책은 서울문화재단의 2014년도 문학창작집 발간지원사업의
  지원을 받아 발간되었습니다.
* 이 책 내용의 전부 또는 일부를 재사용하려면
  반드시 저작권자와 창비 양측의 동의를 받아야 합니다.
* 책값은 뒤표지에 표시되어 있습니다.